The House in the Night

献给汤姆、尼古拉斯和本杰明
——我的家人
——S.M.S

献给我的女儿们
——B.K.

夜色下的小屋
（美）苏珊·玛丽·斯万森 著
（美）贝斯·克罗姆斯 绘 赵可 译

著作权登记图字：01-2012-0884

THE HOUSE IN THE NIGHT
by Susan Marie Swanson and Pictures by Beth Krommes
Text copyright © 2008 by Susan Marie Swanson
Illustrations copyright © 2008 by Beth Krommes
Published by arrangement with Houghton Mifflin Harcourt
Publishing Company
through Bardon-Chinese Media Agency
ALL RIGHTS RESERVED

图书在版编目（CIP）数据

夜色下的小屋／（美）斯万森著；（美）克罗姆斯绘；
赵可译.－北京：新星出版社，2012.5
ISBN 978-7-5133-0588-4

Ⅰ.①夜…　Ⅱ.①斯…②克…③赵…　Ⅲ.①儿童文学
－图画故事－美国－现代　Ⅳ.①I712.85

中国版本图书馆CIP数据核字（2012）第035327号

责任编辑　印姗姗　白佳丽
责任印制　付丽江
内文制作　赵金娇

出　　版　新星出版社　www.newstarpress.com
出 版 人　谢　刚
社　　址　北京市西城区车公庄大街丙3号楼　邮编 100044
　　　　　电话 (010)88310888　传真 (010)65270449
发　　行　新经典文化有限公司
　　　　　电话 (010)68423599　邮箱 editor@readinglife.com

印　　刷　北京昊天国彩印刷有限公司
开　　本　800mm×1092mm　1/16
印　　张　3
字　　数　5千字
版　　次　2012年5月第1版
印　　次　2012年5月第1次印刷
书　　号　ISBN 978-7-5133-0588-4
定　　价　32.00元

夜色下的小屋

The House in the Night

〔美〕苏珊·玛丽·斯万森 著

〔美〕贝斯·克罗姆斯 绘

赵可 译

新星出版社 NEW STAR PRESS

Here is the key
to the house.

这是小屋的钥匙。

**In the house
burns a light.**

小屋里 亮着一盏灯。

In that light rests a bed.

灯光下 放着一张床。

On that bed
waits a book.

床上 躺着一本书。

In that book flies a bird.

书里 飞着一只鸟儿。

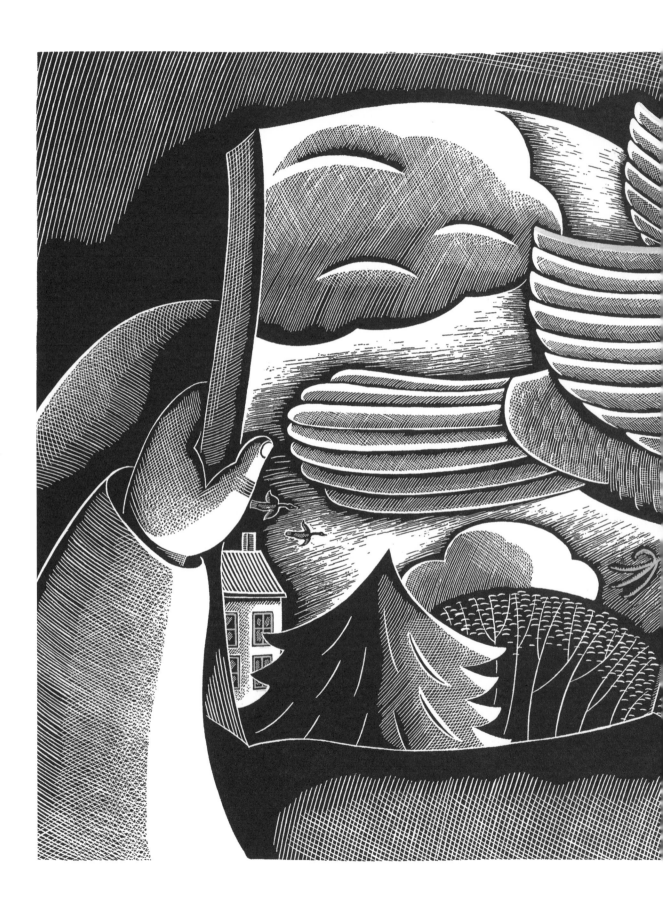

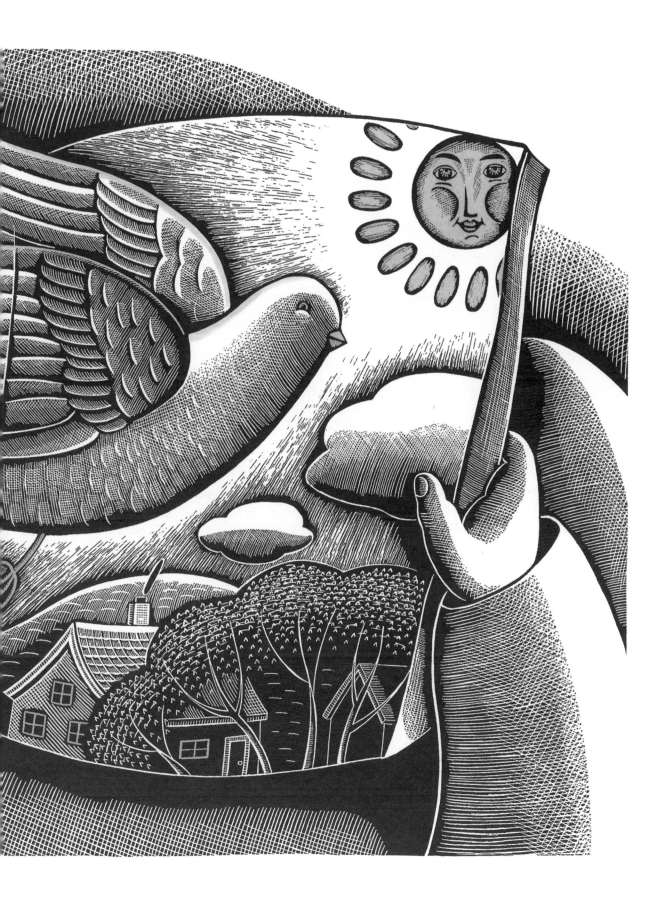

In that bird
breathes a song...

鸟儿嘴里 哼着一首歌……

**all about
the starry dark.**

歌唱着 繁星满天的夜空。

Through the dark
glows the moon.

夜空中 透过淡淡的月光。

On the moon's face
shines the sun.

月亮的脸上 映着太阳的光芒。

Sun in the moon,

太阳在月亮里，

moon in the dark,

月亮在夜空中，

dark in the song,

夜空在歌声里，

song in the bird,

歌声在鸟儿里，

bird in the book,

鸟儿在书里，

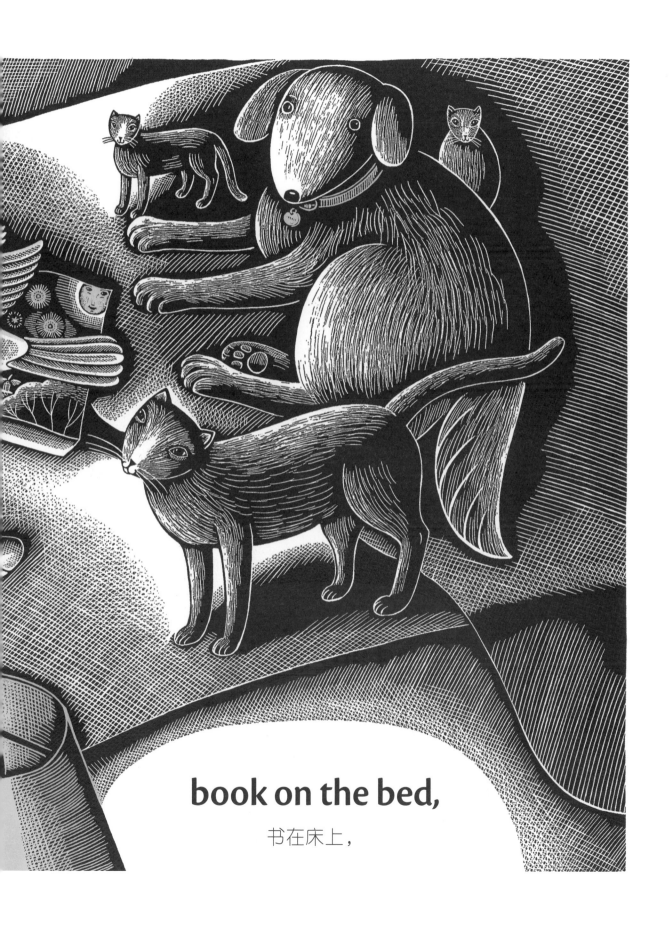

book on the bed,

书在床上,

bed in the light,

床在灯光里，

light in the house.

灯在小屋里。

**Here is the
key to
the house,**

这是小屋的钥匙，

the house
in the night,

夜色下的小屋，

**a home
full of light.**
洒满光的家。

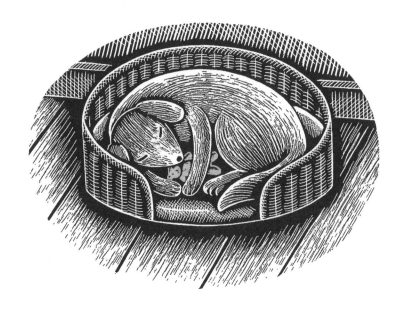

作者的话

在1955年出版的《牛津童谣》（The Oxford Nursery Rhyme Book）一书中，洛娜·奥佩和彼得·奥佩收集了许多古老童谣，其中有一首是这样开头的："这是王国的钥匙：/王国里有一个城市，/城市里有一个小镇，/小镇上有一条街道……"如同其他运用重复句式的古老诗歌，比方说《嘘，小宝贝，别说话》和《这是杰克建的房子》，《这是王国的钥匙》一直以来都是我最喜欢的童谣之一。《夜色下的小屋》的灵感也正来源于此。